Le Trésor
des trésors

Les Éditions du Boréal reconnaissent l'aide financière
du gouvernement du Canada par l'entremise du Fonds du livre
du Canada (FLC) pour leurs activités d'édition et remercient
le Conseil des Arts du Canada pour son soutien financier.

Les Éditions du Boréal sont inscrites au Programme d'aide
aux entreprises du livre et de l'édition spécialisée de la SODEC
et bénéficient du Programme de crédit d'impôt pour l'édition
de livres du gouvernement du Québec.

© Les Éditions du Boréal 2004
Dépôt légal : 3ᵉ trimestre 2004
Bibliothèque nationale du Québec

Diffusion au Canada : Dimedia
Diffusion et distribution en Europe : Volumen

Données de catalogage avant publication (Canada)
Bergeron, Alain M., 1957-

    Le trésor des trésors

    (Boréal Maboul)

    (Les Petits Pirates ; 1)

    Pour enfants de 6 à 8 ans.

    ISBN 978-2-7646-0337-6

    I. Sampar. II. Titre. III. Collection. IV. Collection : Bergeron,
Alain M., 1957- . Petits Pirates ; 1.

PS8553.E674T73   2004   jC843'.54   C2004-940984-0
PS9553.E674T73   2004

Les Petits Pirates 1

Le Trésor des trésors

texte d'Alain M. Bergeron
illustrations de Sampar

Boréal Maboul

À mon ami Dupont-le-Claude !

« Tous les trésors ne sont pas en or et
en argent, mon garçon… »

Le capitaine JACK SPARROW,
le pirate des Caraïbes

Le valeureux équipage du *Marabout*

Jean de Louragan :
jeune capitaine et
fils adoptif du
pirate Suzor de
Louragan, décédé à l'âge de 108 ans. Il a hérité
de la frégate Le Marabout et d'un bandeau de pirate
qu'il porte à l'œil droit ou à l'œil gauche, selon le pied
qu'il pose le premier au sol en se levant le matin.

Samedi : cousin éloigné de Vendredi, le copain de Robinson Crusoé. Il a la vue perçante d'un aigle et est tout aussi chauve. Pas étonnant qu'il soit à la vigie. Un seul problème : il a le vertige. Et ça, c'est étonnant !

Merlan : le mousse du bateau. Malgré son jeune âge, il a beaucoup de bonne volonté. Dommage qu'il soit si distrait. Mais sur Le Marabout, *il apprend de ses erreurs.*

Bâbord, Sabord et Tribord : triplés identiques surnommés les terreurs de la Huitième Mer. Bâbord est né trois minutes avant Sabord et cinq minutes avant Tribord. Un seul signe distinctif entre les trois : l'accent circonflexe sur le prénom de Bâbord.

Dupont-le-Claude : seul membre à bord âgé de plus de 10 ans. Presque aussi vieux que Le Marabout, *il a navigué sur la Huitième Mer. Second* du pirate Suzor de Louragan, il est devenu le troisième de Jean de Louragan. Il est encore et toujours à la barre.

chapitre 1

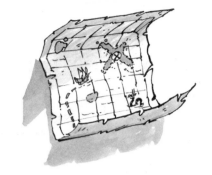

Le 1er juin 1785.

Voilà maintenant dix jours que nous naviguons sur la Huitième Mer à bord de notre frégate *Le Marabout*. Partis de Solstrom, notre port d'attache, nous voguons vers une île perdue au milieu de nulle part. On l'appelle l'Îlex, à cause des deux cours d'eau qui se croisent au centre, formant un gigantesque X.

Selon la carte, le trésor des trésors y aurait été jadis enfoui par mon père, le pirate Suzor de Louragan. Une fortune amassée à la sueur d'autres fronts que le sien. Car il a pillé toute sa vie les richesses transportées par les navires qu'il croisait au hasard de sa route. Et, dans son cas, le hasard a très bien fait les choses ! C'était là sa glorieuse carrière.

Avec le trésor des trésors entre les mains, je pourrais enfin quitter les bancs d'école. Et je me la coulerais douce sur mon navire !

— Cocori… cot cot !

Depuis notre départ, la poule chante à chaque lever du soleil. Pourtant, on n'a toujours pas vu la couleur jaune et blanche d'un œuf. Et madame se contente de réveiller tout le monde.

Ce matin, elle le fait même avec de drôles de sons :

— Cocori… COUIC !

Son chant a été tué dans l'œuf. C'est sûrement un coup d'un des triplés. Je miserais sur Bâbord, l'aîné et le coq du terrible trio. Sa voix me parvient par l'écoutille de ma cabine :

— Moi, je te dis que les poules sont capables de voler ! Regarde et apprends !

Plouf !

…

— Tu me dois une pièce d'or ! annonce
son frère Sabord.

— Qui veut parier avec moi que les
poules savent nager ? demande Tribord.

— Moi ! s'écrient ses deux frères.

— Capitaine !

Oh ! Mon troisième m'appelle ! Dupont-
le-Claude peut s'adresser à moi, même si je
suis dans ma cabine et lui à la barre de direction. Car mon père a inventé un système de

communication moderne et ingénieux. Il s'agit de petites boîtes de métal reliées par des fils. Peu importe où l'on se trouve sur *Le Marabout,* il est ainsi possible de garder le fil d'une conversation. Il paraît que, sans cet appareil, les pirates ont des ampoules sur les cordes vocales à force de crier !

— Tout le monde est à son poste, monsieur le capitaine, me dit le vieil homme de sa voix rauque.

— Merci, monsieur Dupont-le-Claude. J'arrive dans quelques secondes.

J'enfile mon bandeau sur mon œil, euh… droit, j'achève de dessiner ma barbe avec mon fusain et je rejoins mon valeureux équipage sur le pont. Quel temps magnifique ! Le ciel est bleu, avec juste ce qu'il faut de nuages.

Tribord paye ses comptes à Bâbord et à Sabord. Les poules ne nagent pas plus qu'elles ne volent. Dupont-le-Claude ajuste son bonnet rouge sur sa tête. Il n'y a que lui pour nous mener à bon port. Il connaît bien la Huitième Mer pour l'avoir explorée à plusieurs reprises avec mon père. Il sait aussi qu'il y a des limites à ne pas franchir. Comme tout le monde l'apprend à l'école et dans les livres, la terre est plate, et malheur à qui arrive au bout : le pauvre chute dans le vide pour ensuite servir de collation à des monstres.

Au sommet de notre mât flotte le pavillon noir à tête de mort, symbole des pirates et héritage de mon père. Dupont-le-Claude me glisse à l'oreille :

— Monsieur le capitaine, Milougarou a recommencé son petit manège.

Mon chien-loup a la fâcheuse habitude de marquer son territoire. Comme il est plutôt vieux et que son odorat n'a plus son efficacité d'antan, il ne cesse d'uriner un peu partout. Les triplés devront encore frotter le pont.

— Ça pue, l'ammoniaque ! beugle Bâbord.

— Ça sent toujours moins mauvais que tes pieds ! réplique Sabord avant d'avaler sa banane et d'en jeter la pelure par terre.

— C'est brillant, ça ! proteste Tribord, qui s'applique à astiquer le pont. Et vous avez de la chance que je sois poli !

— Poli, toi ? Polisson, plutôt ! riposte Sabord.

— Quelqu'un pourrait marcher sur ta pelure et glisser par-dessus bord, figure-toi !

— Mais qui serait assez bête pour faire ça ? demande Bâbord, tout en s'avançant vers ses frères.

— Toi ! lui répondent ses frères juste comme il met le pied sur la pelure.

PLOUF !

— Un tiers de portion à la mer ! clame Dupont-le-Claude, incapable de distinguer un frère de l'autre.

Je me prépare à me lancer à la rescousse du malheureux, mais mon fidèle troisième s'interpose :

— N'y allez pas, monsieur le capitaine ! Vos tatouages s'effacent au contact de l'eau !

— Vous avez raison. Que serait un pirate sans ses tatouages ? Monsieur Merlan, lancez-lui une corde !

Le mousse exécute mon ordre et atteint la cible du premier coup. Il ne cache pas sa fierté. Entre les vagues, Bâbord, ahuri, lui hurle des insultes en brandissant au-dessus de l'eau les deux extrémités de la corde…

— Je constate, encore une fois, monsieur Merlan, que vous avez oublié de fixer la corde au bateau. Une autre erreur et je devrai employer la tapette à mousse pour vous corriger !

— Le tiers est entouré de requins, signale Dupont-le-Claude, toujours de marbre.

— Ce sont peut-être des dauphins, risque Sabord.

— Une pièce d'or que ce sont des requins ! lui dit Tribord.

— Tenu ! réplique son frère.

Trop tard ! Un immense requin avale tout rond Bâbord. Les triplés ne sont plus que des jumeaux et la journée ne fait que commencer ! C'est affreux. Dois-je demander au mousse de jouer le rôle du troisième triplé d'ici la fin du voyage ?

Sabord donne sa pièce d'or à Tribord, qui continue à jubiler. Soudain, un étrange bruit attire notre attention. Le requin, sa gueule béante hors de l'eau, tousse violemment. On dirait qu'il s'étouffe. Aaaaah ! Le voilà qui recrache violemment Bâbord sur le pont du *Marabout.* Ouf ! Le garçon est entier. Et son court séjour dans l'estomac de la bête ne semble même pas l'avoir secoué.

— Vous revenez de loin, mon ami, lui dis-je, heureux de le revoir parmi nous.

Même Milougarou vient lever la patte sur Bâbord et arrose son retour.

— Pouah ! Va donc te faire cuire un os, espèce de chien ! proteste le dégoulinant triplé.

— Le requin l'a sûrement rejeté à cause de son odeur, conclut Dupont-le-Claude.

Comme un éclair, son sourire si rare dévoile sa dent en or.

— Garçons, nous venons de vivre un moment fort riche d'enseignements, dis-je d'une voix forte. Jusqu'à nouvel ordre, tant que nous serons entourés de requins, il nous sera interdit de manger des fruits et de nous laver. Il y va de notre santé !

Une acclamation suit mon annonce.

— L'Îlex en vue ! hurle notre vigie.

— Non, Samedi ! Ne regardez pas en bas !

Mon avertissement arrive trop tard. Pris de vertige dès que son regard quitte l'horizon, Samedi perd conscience et tombe… dans le filet que nous avons installé quelques mètres plus bas.

— Monsieur Merlan, veuillez prendre note que le filet est *encore* trop tendu !

Notre pauvre Samedi rebondit haut dans les airs avant de tomber à l'eau.

— Je vais le chercher, monsieur le capitaine ! dit Bâbord en plongeant aussitôt.

— Moi aussi ! s'écrient Sabord et Tribord qui imitent leur aîné.

Les triplés se débattent dans l'eau comme des diables. Qui sera le premier à jouer les héros ?

Les requins ont le nez fin. Ils reconnaissent aussitôt l'odeur de Bâbord. Et en triple, cette fois-ci ! Ouste ! Les terribles poissons déguerpissent. D'autant plus vite que Samedi, notre vigie, n'a pas pris son bain depuis un mois !

chapitre 2

Nous laissons *Le Marabout* dans la baie pour rejoindre la plage de l'Îlex à bord d'une barque. Je saute le premier à terre, suivi des autres. Dans un souffle, je leur recommande la prudence et le silence.

Au-delà du sable se dresse une forêt de palmiers. Bâbord murmure que l'île est déserte. En traitant son frère d'imbécile, Sabord réplique qu'elle ne l'est plus puisqu'on s'y trouve maintenant ! Le ton monte. La bagarre éclate. Tribord saute dans la mêlée lorsqu'il voit ses frères marcher sur la grande tour de son château de sable. Les boucaniers font un boucan du tonnerre.

Milougarou aboie, puis pousse un long hurlement. Il voit sans doute l'immensité du territoire à marquer sur cette île. Tant pis pour la discrétion souhaitée !

Dupont-le-Claude, carte à la main, désigne un étroit sentier qui s'ouvre sur la droite, dans la rangée d'arbres.

— C'est par là. Il est important de suivre les pointillés indiqués sur la carte, indique mon pointilleux ami.

— En avant, garçons ! Et n'oubliez pas vos pelles et vos pioches ! dis-je.

— Hé ! J'entends la mer, là-dedans ! crie le mousse Merlan.

Les deux pieds dans l'eau, il a l'oreille collée à un coquillage.

Pas de temps à perdre avec ces enfantillages. À coups de sabre, nous nous frayons un chemin dans la jungle. Soudain, je m'arrête devant un palmier. L'écorce de son tronc est marquée de nombreuses coches. S'agit-il du calendrier d'un naufragé sur cette île ?

Au moment où je me pose cette question, un bruit sourd retentit derrière nous, semblable à celui de deux coquilles qui se cognent.

Bâbord gît inconscient sur le sol, son chapeau tricorne enfoncé jusqu'aux oreilles !

— C'est pas moi ! jurent Sabord et Tribord d'une même voix.

Et, devant ma mine soupçonneuse, ils ajoutent en se désignant l'un l'autre :

— C'est lui !

Y a-t-il un ennemi invisible sur cette île ? Une menace inconnue va-t-elle nous empêcher d'atteindre le trésor des trésors ? Milougarou hume l'air et y sent une odeur étrangère. Tous nos sens sont en alerte.

Quelques secondes plus tard, de nouveau, j'entends le même bruit. À son tour, Sabord est sur le dos, son chapeau tricorne enfoncé jusqu'aux oreilles !

— C'est pas moi ! assure Tribord, le seul triplé encore debout. C'est lui !

Il pointe le manche de sa pelle vers

Bâbord, qui tente péniblement de se remettre sur pied.

Dupont-le-Claude retire son bonnet rouge pour se gratter la tête. Au même moment, un objet non identifié lui effleure le crâne ! L'homme ne bronche pas d'un cheveu. Le tonnerre tomberait à ses pieds qu'il ne sursauterait pas. De l'index, il désigne plutôt le sommet d'un palmier.

— Il est là, votre coupable ! annonce-t-il calmement.

Tribord n'a pas le temps de jeter un coup d'œil dans la direction indiquée par Dupont-le-Claude. Du haut de l'arbre, un singe lance une autre noix de coco. Directement sur sa tête !

Poc !

Tribord rejoint ses deux frères au sol. Le singe, lui, crie son exploit : trois en trois !

— Ce ne sont pas des pelles qu'il aurait fallu apporter, garçons, mais bien des parapluies : il pleut des noix de coco ! dis-je. Partons d'ici au plus vite !

Soutenant les triplés, nous fuyons les lieux en évitant les derniers tirs du singe. Je me retourne pour voir l'animal descendre de son arbre. Avec le bout d'une roche pointue, il marque l'écorce du palmier de trois nouvelles coches !

À force de courir, nous trouvons une aire dégagée pour nous reposer. Samedi ramasse quelques noix de coco en bordure de la forêt. L'interdit sur les fruits est levé, puisque nous ne sommes plus en mer. Nous utilisons donc nos pelles et nos sabres pour les ouvrir et les manger. Cette pause nous fait du bien à tous. Enfin, à presque tous !

— Je te parie une pièce d'or que je suis capable de casser une noix de coco sur la tête de Tribord, dit Bâbord à Sabord.

— Tenu ! répond Sabord.

Et, d'un geste sec, Bâbord s'exécute. Tribord s'effondre au sol, inconscient. La noix de coco a résisté au choc.

L'aîné des triplés paie sa dette en souriant.

— Ça valait bien une pièce d'or…

chapitre 3

Après une heure de marche pénible dans la jungle, nous débouchons dans une large clairière.

— Voilà ! Nous y sommes ! annonce Dupont-le-Claude, son doigt tambourinant sur la carte. Le trésor est enterré sous le monticule de terre, près du gros arbre mort.

— À nous les pièces d'or, les doublons et les triplons ! hurlent les triplés excités.

Ces têtes folles se précipitent sans observer la moindre règle de prudence. Quelle erreur ! Le pirate Suzor de Louragan a sûrement semé quelques pièges…

Je le savais ! Bâbord s'enfonce le premier

dans les sables mouvants, suivi de Tribord, puis de Sabord. Ce dernier trébuche et plonge même tête première.

— Chic ! Un bain de sable ! s'exclame Bâbord.

— Le premier qui touche au fond ! renchérit Tribord, tentant d'accélérer sa descente.

Les deux triplés agitent leurs bras dans les airs tandis que le troisième remue les jambes. Quel spectacle absurde ! Je m'écrie :

— Monsieur Samedi ! Il y a
urgence, ici !

Vive comme l'éclair, notre vigie se couche au sol et étend les bras. Hourrah ! Samedi a sauvé les pelles ! Maintenant, il agrippe tout ce qu'on voit encore de Sabord, c'est-à-dire les pieds. Avec notre aide, il tire et tire jusqu'à ce que la tête du triplé émerge des sables mouvants. Enfin, Sabord peut parler ! Mais il ne remercie pas Samedi de lui avoir sauvé la vie. Il se met plutôt à hurler :

— C'est pas juste ! Les autres y sont encore !

— Arrête de pleurer, gros bébé, dit Bâbord, enfoncé jusqu'au menton.

— Ouais ! Tu vas transformer notre bain de sable en bain de boue ! ajoute Tribord.

Sabord, toujours tiré par Samedi et par nous, saisit les bras de ses frères… Et c'est un triplé ! Les trois garçons sont hissés hors du piège. Samedi reprend son souffle. Puis il leur lance, ironique :

— Ça m'a fait plaisir !

— Ouch ! dit Sabord. J'ai quelque chose dans l'œil. C'est peut-être un grain de sable… Il faudrait regarder !

Nous n'avons pas vraiment le temps d'y jeter un coup d'œil… Les sables mouvants ceinturent le gros arbre mort. Le trésor des

trésors se trouve donc enfoui dans une espèce d'île dans l'île. Pour l'atteindre, nous abattons un palmier et le plaçons de façon à rejoindre la terre ferme.

Juste comme nous traversons à la hâte ce pont improvisé, un cri monte dans la forêt.

On dirait un long

gémissement ou un mugissement, je ne sais trop. De ma courte vie, je n'ai jamais entendu une telle plainte. Dupont-le-Claude reste impassible. Est-ce le fantôme de feu mon père ? Non, il n'est pas mort sur cette île, mais dans son lit. Triste sort pour un pirate !

— Garçons, dépêchons-nous de déterrer ce trésor et fichons le camp d'ici ! dis-je d'une voix dont je tente de calmer les tremblements.

Des images du trésor des trésors et d'un horrible monstre se succèdent dans nos têtes tandis que nous nous mettons à la tâche. Dupont-le-Claude et le mousse Merlan surveillent les environs, aux aguets, prêts à nous alerter au moindre danger.

Parfois, des feuillages s'agitent autour de nous. Nous préférons croire qu'il ne s'agit que du vent. Il suffit d'un terrible mugissement pour nous rappeler le contraire.

Nous augmentons la cadence, retirant nos chemises pour être plus à notre aise. Je remonte même le bandeau de mon œil sur mon front pour y voir plus clair. Si les rayons du soleil de midi nous chauffent la peau, les cris monstrueux, eux, nous font frissonner. Ces variations rapides de température pourraient bien engendrer des rhumes !

J'ignore si mon père a déjà eu à affronter ce monstre... Certes, Dupont-le-Claude me le dirait au lieu de demeurer silencieux. Je m'écrie pour moi-même autant que pour les autres :

— Garçons, cessons de nous creuser la tête et creusons plutôt la terre !

Il n'y aura pas de repos tant que nous n'aurons pas mis la main sur le trésor des trésors. Oh ! La pelle de Bâbord a heurté quelque chose de dur !

— Capitaine ! Ce n'est pas une pierre ! indique-t-il, frappant plusieurs coups pour s'en assurer.

Ses deux frères se précipitent pour dégager l'objet.

— C'est un coffre ! hurle Sabord, surexcité.

— Le trésor des trésors ! reprend Tribord.

Le coffre n'est pas très grand, mais il contient sûrement d'immenses richesses. Sans difficulté, nous le sortons du trou. Samedi prend son épée et brise la serrure. Je rabats sur mon œil le bandeau de pirate. Faisons les choses dans les règles de l'art, après tout ! Je lance un avertissement :

— Protégez vos yeux, garçons ! Avec ce soleil qui fera briller toutes les pièces d'or, vous en aurez pour votre argent !

J'ouvre enfin le coffre et...

— C'est tout ? demande Bâbord.

Il n'y a que quelques pièces d'or et un vieux parchemin ficelé.

— Tout ce voyage pour « ça » ? demande Sabord.

Tribord se penche au-dessus du coffre. Ses brefs hochements de tête indiquent qu'il compte le butin.

— Vingt-douze ! annonce-t-il.

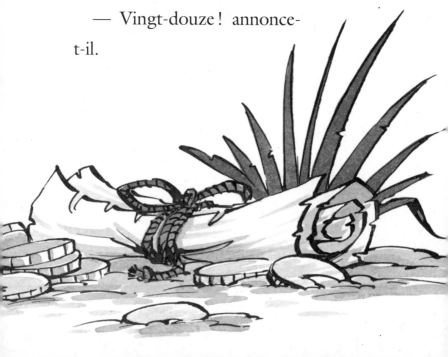

Bâbord le pousse et se met lui aussi au calcul mental.

— Tu n'y connais rien ! dit-il finalement. C'est vingt-treize !

Je tranche d'une voix dure :

— Dites plutôt trente-trois, messieurs ! Monsieur Dupont-le-Claude, c'est ça, le trésor des trésors ?

Mon fidèle troisième ne laisse voir aucune émotion.

Pas même quand le monstre mugit derrière nous ! Nous voilà paralysés par la terreur. Mais juste le temps que la bête sorte des fourrés.

— Meuuuuuuuuuuuuuuuuuuh ! salue une vache brune aux taches noires, suivie de Milougarou.

Mon chien-loup bat de la queue, heureux de la présence de ce nouveau compagnon de jeu.

Épilogue

Nous ne rentrons pas au port de Solstrom. Nous reprenons plutôt notre route sur la Huitième Mer.

— Quelle direction, monsieur Sabord ?

— Le nord, me répond-il en consultant sa montre.

— Et quelle heure est-il, monsieur Bâbord ?

— Ma boussole indique 8 h 30 précises, me dit-il.

Je soupire. Nous n'aurions pas dû acheter ce matériel bon marché avant de partir.

Le mousse Merlan lance la deuxième bouteille à la mer. Pour la première, il a oublié de mettre le bouchon… Un jour, je le jure, je vais utiliser la tapette à mousse !

À l'intérieur de la bouteille, j'ai glissé un message destiné à l'école de Solstrom. J'avise la direction que nous allons manquer quelques jours de classe. Ou peut-être quelques semaines ou quelques mois. Et si nous sommes chanceux, quelques années…

Pour m'assurer que des pirates n'intercepteront pas mon message, j'ai écrit sur la bouteille : confidentiel !

Mon valeureux équipage accepte de poursuivre la quête du trésor des trésors.

Parce qu'il y a une suite. Nous avons compris que l'Îlex ne constitue qu'une première étape. Et nous l'avons franchie avec succès.

Selon le vieux parchemin trouvé dans le

coffre, notre prochaine destination est l'île des Glaces. Nous devrions l'atteindre dans quelques semaines. Les pièces d'or nous permettront d'ici là de nous habiller chaudement.

— Meuuuuuuuuuuuuuuuuuuuuh !

Les triplés reçoivent un coup de queue au visage. Ils voulaient boire du lait directement du pis de la vache brune aux taches noires.

— Ah ! Laissez donc faire les experts ! conseille le mousse Merlan en les repoussant.

Il s'assoit sur un petit banc et entreprend de traire Soya avec une aisance qui nous surprend.

— Monsieur Merlan, le lait ne devrait-il pas être projeté dans un seau plutôt que sur le pont ?

— Désolé, mon capitaine. Dans ma hâte, j'ai oublié, s'excuse le mousse.

Nous sommes revenus à bord avec un trésor, après tout. Parce que Soya ne donne pas que du lait.

Nous portons bien haut nos bocks pleins du breuvage préféré des pirates de la Huitième Mer. Je chante :

« Quinze enfants sur le coffre au trésor,

Yo ho ho ! Et une bouteille de lait !

Le rhume et la peur ont emporté les autres

Yo ho ho ! Et une bouteille de lait… »

Et tous hurlent en chœur :

« Au cho-co-laaaaaaaaaat ! »

Fin

C'est quoi, Maboul ?

Quand tu commences à lire, c'est parfois difficile.

Avec **Boréal Maboul,** ça devient facile.

- Tu choisis les séries qui te plaisent.
- Tu retrouves tes héros favoris.
- Les histoires sont captivantes.
- Les chapitres sont courts.
- Les mots et les phrases sont simples.
- Les illustrations t'aident à bien comprendre l'histoire.

Les Éditions du Boréal
4447, rue Saint-Denis
Montréal (Québec) H2J 2L2
www.editionsboreal.qc.ca

Imprimé sur un papier contenant 50 % de fibres postconsommation,
certifié ÉcoLogo et fabriqué à partir d'énergie biogaz.

MISE EN PAGES ET TYPOGRAPHIE :
LES ÉDITIONS DU BORÉAL

CE CINQUIÈME TIRAGE A ÉTÉ ACHEVÉ D'IMPRIMER EN AVRIL 2011
SUR LES PRESSES DE L'IMPRIMERIE GAUVIN
À GATINEAU (QUÉBEC).